I0686188

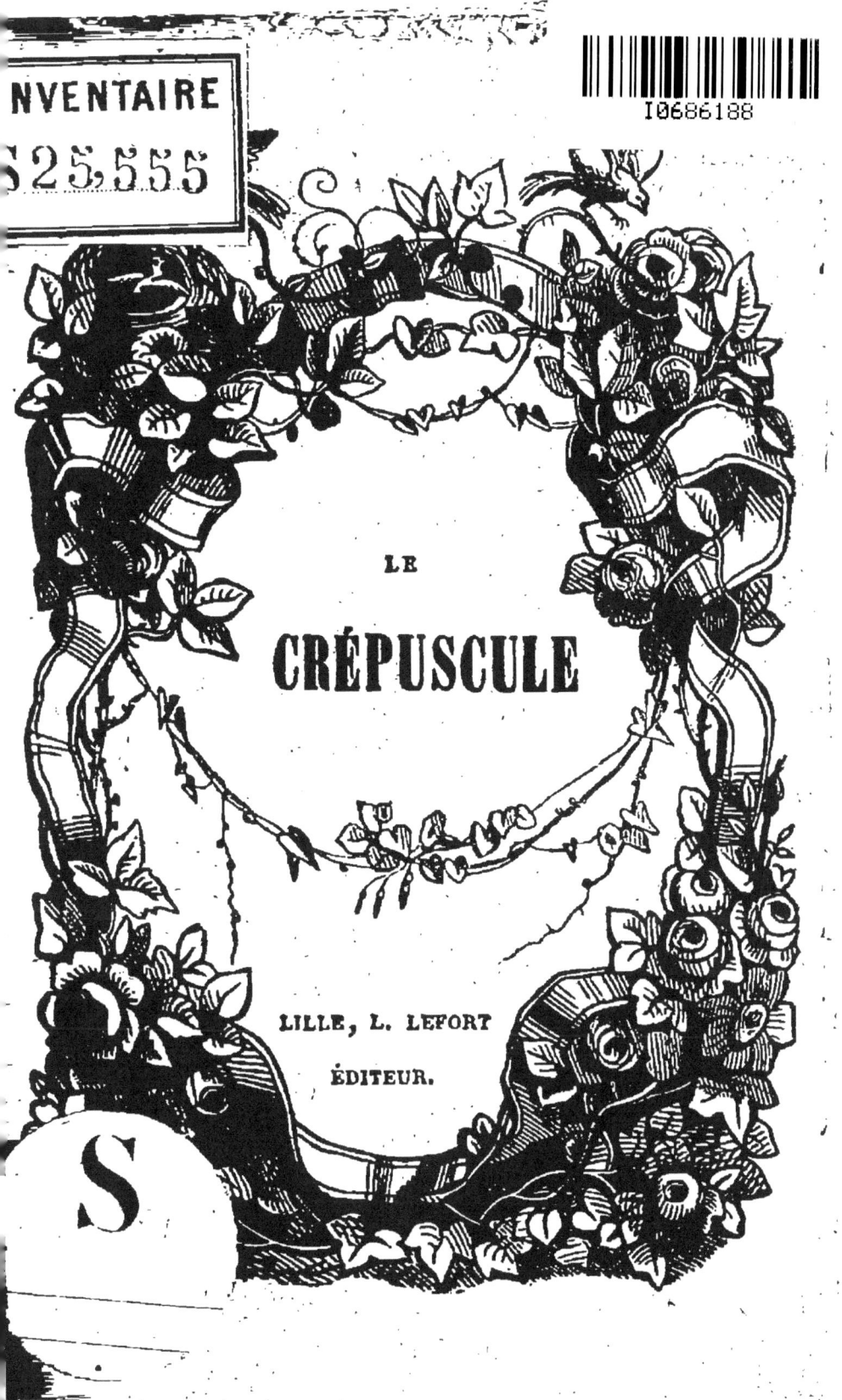

LE

CRÉPUSCULE

LILLE, L. LEFORT

ÉDITEUR.

S

LE

CRÉPUSCULE

LE
CRÉPUSCULE

2e ÉDITION.

LILLE

L. LEFORT, IMPRIMEUR – LIBRAIRE

rue Esquermoise, 57.

1857

LE CRÉPUSCULE

I

Le jour pâlit, la lumière brillante s'affaiblit à chaque instant et menace de s'éteindre. Le foyer ardent de ce précieux élément s'approche à grands pas de l'horizon, n'en est plus séparée que par un très-court espace. Déjà il a déposé une grande partie de ses rayons : déjà l'œil peut supporter son aspect, qui dans peu de moments va s'éclipser. Un éclat de feu dore toute la partie occidentale du ciel. La dernière scène du soleil est aussi magnifique que la première. A son déclin même il nous fait sentir combien nous perdons avec lui... Il baisse.... Il a disparu... et peut-être l'ai-je vu pour la dernière fois. Avant qu'il revienne à l'orient, l'ange de la mort a reçu de l'Eternel l'ordre de frapper des milliers d'hommes. Qui sait si mon nom n'est pas écrit sur le livre formidable? qui sait si cette nuit qui approche, ne sera pas changée pour moi en une nuit éternelle?

II

Que l'aspect de la nature est sombre! ses couleurs s'effacent, la création s'endort; des ombres mélancoliques couvrent la terre qui semble être en deuil du jour qui vient de finir. Je suis seul sur la colline; la vallée s'enveloppe d'une épaisse solitude ; il règne un silence aussi universel qu'effrayant ; les ombres passent devant moi, et l'horreur me saisit. Quelle image frappante de la mort ! L'homme attend pour se réveiller le son de la trompette divine qui annoncera le commencement de l'éternité et appellera les mondes au jugement. Cette idée me frappe, il me semble que devant moi se déroule la sombre vallée de Josaphat. Il n'y a plus rien de vivant ; de tous côtés des sépulcres et des ruines. N'est-il pas permis de rêver la fin du monde quand on est témoin de ces révolutions universelles qui semblent précipiter le genre humain vers une ruine commune? Le monde va finir, me suis-je dit, et soudain j'ai cru entendre la terre gémir et craquer comme un vieux bois qu'on brise ; les montagnes se fondaient comme la cire devant le feu ; les cieux se déchiraient ; les arbres disparaissaient sous le souffle d'une colère invisible ; et une nuit affreuse s'étendait dans l'immensité. Un long bruit sourd montait dans l'espace vide. En un instant, j'avais vu la mer chanceler comme un homme pris d'ivresse, puis enlevée ainsi qu'une tente dressée pour une nuit, et enfin broyée et comme anéantie. Adieu la lyre, adieu les armes, adieu les sceptres. Tout ce qui servait à l'homme dans ses plaisirs ou dans sa gloire, dans sa joie ou dans son ambition, a cessé d'être. L'homme lui-même au milieu de ce globe qui lui appartenait a péri comme un roi frappé sur son trône. Un épouvantable silence avait succédé à la ruine de

tout ce qui fût. Bientôt j'ai enten-
du comme un léger bruit de foule ;
à la lueur d'un livide éclair, j'ai vu
un peuple de fantômes, une pâle
légion d'ombres qui s'avançaient
murmurant et tremblant comme
les feuilles des forêts devant les
brises de la nuit. C'étaient les
hommes de toutes les régions
et de tous les siècles. Les hommes tels que le sépulcre venait
de les rendre, tels que la trompette d'en haut les avait réveillés.
Quelques moments après, l'innombrable légion, encore tachée
des cendres qu'elle venait de se-

couer, a été divisée en deux
parts comme un troupeau sous
la main du pasteur : l'une est
changée en lumière, et chacun
de ces fantômes est devenu comme
un astre au front radieux ; l'autre,
enveloppée d'épaisses ténèbres, est
devenue hideuse. La première
s'est échappée vers les cieux nou-
veaux créés d'un souffle, semblable à l'aurore remontant au
ciel ; la seconde, avec ses formes
affreuses, avec ses misères qu'au-
cune langue humaine ne pourrait
raconter, a disparu au fond d'un
abîme créé pour elle ; et une

grande nuée s'est entr'ouverte, et j'ai été comme anéanti devant l'éclat et la splendeur divine. Puis, je me suis réveillé comme après un songe horrible. J'ai revu la terre que j'avais crue détruite, j'ai revu le firmament que j'avais cru éteint, et mes regards joyeux ont salué l'astre des nuits qui venait s'élever à l'horizon.

Bientôt, faisant un retour salutaire sur moi-même, je bénis cette nuit, dont l'obscurité avait porté la lumière dans mon âme. La nuit, cette alliée de la mort, me familiarisait avec cette dernière. Son image me tirait d'un sommeil léthargique et plus dangereux où mon âme languissait. Elle me rappelait le réveil de l'autre vie après le sommeil de la terre. Elle me montrait que le monde finissait déjà chaque jour pour une multitude d'humains, heureux quand leur âme ne peut craindre le jugement terrible qui suit la mort, en attendant le grand jour qui sera le dernier du monde périssable et qui commencera l'éternité.

III

Une autre fois, par une belle soirée, je m'acheminais encore vers la colline. Une brise légère animait la végétation. Une vaste étendue de pays s'ouvrait devant mes yeux. Bientôt le jour s'éteint peu à peu, la joyeuse alouette s'abat en chantant sur les blés ; une sonnerie brillante et légère se fait entendre et semble se répondre de clochers en clochers. C'est l'*Angelus*, cette douce prière à la Vierge, qui remonte bien

loin dans les temps écoulés. « Ecoutez comme elle se marie au silence du soir, au bêlement lointain
des agneaux, à la douce lumière
de la lune. Jadis elle appelait
à l'autel de Marie tous les vas-
saux du haut baron qui com-
battait en Palestine; elle implo-
rait le Dieu des armées pour
les enfants de la noble France
qui prodiguaient leurs biens et
leurs vies pour la conquête du
saint sépulcre. Aujourd'hui les
noms des chevaliers sont oubliés,
leurs châteaux abattus; l'herbe
croît dans leurs salles d'armes,

mais la prière à la Reine des anges
reste toujours.

Au premier coup de l'*Angelus*,
la moissonneuse fatiguée laisse
tomber la faucille, le laboureur
dételle. Le jeune pâtre, errant au
milieu des bois et des bruyères,
rassemble gaîment son troupeau ;
il ne craint point de s'égarer,
car au loin, vers un point bien
connu du ciel, il distingue au
milieu des teintes brillantes du
couchant, la croix de son église ;
cette croix devient sa boussole,
et un cantique vieux comme
les chênes qui bordent la route,

2

annonce son retour au hameau. »

Ave Maria! sur la terre et sur les eaux, cette heure, la plus célèbre du ciel, est aussi la plus digne de toi! *Ave Maria!* bénie soit cette heure! béni soit le temps, le climat et la place où si souvent j'ai senti cet instant divin dans toute sa puissance, descendre sur la terre, si beau et si doux; tandis que chantait la cloche profonde dans la tour éloignée, ou bien que l'hymne du jour, expirant et faible, s'échappait vers les cieux, et pas une haleine n'y glissait dans l'air parfumé de roses, et cependant les feuilles de la forêt semblaient s'é--mouvoir en prières !

Ave Maria ! c'est l'heure de la prière ! *Ave Maria* ! c'est l'heure de l'amour divin ! *Ave Maria* ! permets à nos âmes d'élever en haut leurs regards, jusqu'à ton trône et à celui de ton Fils. *Ave Maria* !

I V

Comment ne pas être émerveillé des cloches qui réveillent en nos âmes un si doux sentiment ! L'Eglise annonce au bruit des cloches toutes ces cérémonies ; tous les actes de la vie du chrétien. Aussi ont-elles un langage que comprennent tous les fidèles ; c'est véritablement la voix de Dieu, qui bien souvent aussi s'harmonie avec la voix de la conscience naturellement chrétienne. Ecoutez ; cette volée, qui arrive à vous, portée sur les ailes du vent, vous avertit que le jour vient de naître, qu'il faut adresser à Dieu la prière du matin, et se livrer au travail, qui est à la fois la peine et le remède du péché. Cette autre volée vous avertit que la lumière va

fuir et qu'il est temps de se livrer au repos, en rendant graces
à Dieu, parce qu'il a veillé sur
vous pendant la journée ; celle-ci
vous apprend qu'un nouveau fils
est né à l'humanité ; celle-là qu'un
de vos frères est à l'agonie, prêt
à rendre son âme à Dieu et à
renaître pour l'éternité. Priez pour
ceux qui naissent et pour ceux qui
meurent : priez, car vous savez
qu'à la même heure tous les mi-
nistres de Dieu s'agenouillent devant les autels, et les prières qui
partent en se donnant la main, se
soutiennent mutuellement et ar-

rivent plus vite au pied du trône
céleste. Ecoutez encore, pilote qu'a
surpris une nuit de tempête, le
son des cloches qui se balancent
dans ces asiles sacrés, bâtis sur
le bord de la mer, vous annonce
la présence de la charité chrétienne, vous avertit du chemin
qu'il faut prendre et des écueils
qu'il faut éviter. Ecoutez aussi,
voyageur, dans ces nuits non
moins terribles, où l'avalanche
suspendue au sommet des Alpes,
se précipite dans les vallées, perdu
au milieu des neiges, vous sen-
tez un froid mortel se glisser

dans vos veines, vos genoux flé-
chir et votre courage vous aban-
donner. Ecoutez, le son des cloches du monastère vous rendra
la force et l'espoir. Au bruit qui
retentit dans le silence comme
la voix de la charité, vous retrou-
verez assez d'énergie pour résister
au sommeil perfide qui s'empare
de vous; vous marcherez vers le
lieu d'où partent les sons libéra-
teurs; un religieux s'élancera au
devant de vos pas, pour vous sou-
tenir, vous rassurer.

Les cloches ont aussi des chants
de fêtes pour célébrer nos victoires;

elles ajoutent à l'allégresse pu-
blique. Mais puissions-nous ne les
entendre retentir que pendant la
paix, apportant aux fidèles des
idées consolantes et douces, comme celles de la religion, dont elles
annoncent les cérémonies, et ar-
rivent à l'oreille de ceux qui souf-
frent, pour leur annoncer la fin
de leur misère.

La cloche, c'est la voix du
peuple, c'est la voix de l'Eglise
et de Dieu ; c'est aussi celle de la
nature, la voix de l'aurore, celle
du midi, celle du crépuscule.

Au coup de l'airain magique,

combien de fois les plaisirs de l'impie se sont changés en tourments ! Il n'est pas étonnant qu'il veuille leur imposer silence. Oh ! puisse-t-il lui aussi rentrer bientôt au port de l'Eglise, où il trouverait la paix ! puisse-t-il voir luir le phare du salut, au milieu des orages de la vie, et diriger sa nacelle vers la patrie céleste, où il n'y aura plus de tempêtes !

J'avais l'âme remplie et pénétrée de ces douces pensées, lorsque je rentrais au logis, et le calme se fit dans mon cœur au son de la cloche du soir.

Une autre fois , je me dirigeai avec un ami vers la colline , pour y étudier le ciel au moment du crépuscule et dans les premières heures de la nuit. Mon ami était habile astronome. A mesure que les astres paraissaient sur l'horizon , il me traçait leur histoire. Le soleil, qui, au contraire , allait disparaître, fixa d'abord notre attention.

Le soleil n'est pas une masse incandescente , comme on l'avait cru d'abord ; il est quelque chose de plus merveilleux encore. C'est un corps opaque , et même noir , d'après Herschel et ses puissants télescopes. Mais ce corps noir est revêtu de deux atmosphères : d'une atmosphère de vapeurs et d'une atmosphère lumineuse. Trois cent soixante et quinze mille fois plus grand que notre planète, il s'étendrait, s'il était mis à sa place, à une distance double de la terre à la lune, qui est cependant de quatre-vingt-dix mille lieues. A volume égal, le soleil pèse moins que la terre, il n'a guère que la pesanteur de l'eau. Il ne tourne pas autour de la terre, mais il tourne sur lui-même tandis que

la terre tourne autour de lui. On
en a la preuve dans le mouvement
des taches que le télescope fait
apercevoir sur son disque, et qui,
paraissant en premier lieu sur son
bord oriental, se meuvent jusqu'à
ce qu'elles aient disparu sur son
bord occidental. C'est la seule
preuve, mais c'est une preuve po-
sitive de sa rotation.

V

Du soleil, mon ami est descendu, de planètes en planètes,
jusqu'à Saturne et Uranus, qu'il a

décrits, mesurés et pesés comme
le soleil et la terre. On dirait
qu'il a vécu dans ces mondes lu-
mineux, qu'il y est né, qu'il y a
voyagé, qu'il y a passé sa vie, et
qu'il n'en est descendu que d'hier,
pour faire le récit de son voyage.
En parlant des petites planètes
découvertes au commencement de
ce siècle, de Pallas et de Cérès,
il me dit qu'elles sont peut-être
les fragments d'une planète plus
grande qui aurait éclaté. Il me
décrivit très-clairement l'atmosphère de Vénus et de Jupiter,
que l'on trouve semblable pres-

qu'en tous points à l'atmosphère terrestre. Ce sont de même des neiges et des glaces sur les pôles, qui fondent quand il s'en éloigne. On y reconnaît la trace des vents alisés. Après avoir visité toutes les planètes du système solaire, mon ami me dit quelques mots des comètes. Ce n'est point par leur aspect, mais uniquement par leur marche, que l'on peut reconnaître les comètes, car elles changent souvent de lumière, de couleur et de queue. Mais il faut du temps pour déterminer cette marche, qui ne ressemble point à celle des planètes, en ce qu'elle est moins régulière et forme une ellipse bien plus allongée. La matière des comètes est si peu dense, que l'on aperçoit souvent les étoiles au travers, et que l'on pourrait se servir de leur lenteur ou de leur vitesse, pour savoir s'il y a de la matière ou un vide complet dans les espaces célestes.

VI

De l'astronomie planétaire, mon ami passa à ce qu'il appelle l'astronomie stellaire.

Il y a peu d'années, l'on ne connaissait pas encore la distance d'une seule étoile à la terre, mais il n'en est plus ainsi maintenant. On connaît cette distance, du moins en ce qui concerne une des étoiles ; mais cette distance est si énorme, que c'est à peine si l'on peut s'en faire une idée. Voici à peu près les bases de ce calcul.

La lumière parcourt soixante et dix-sept mille lieues par seconde ; il y a soixante secondes dans une minute, soixante minutes dans une heure, vingt-quatre heures dans un jour, et trois cent soixante-cinq jours dans une année. Or il faudrait dix années à la lumière de l'étoile la plus voisine de la terre, pour arriver jusqu'à nous.

On peut calculer, par le nombre de secondes contenues dans dix années, combien de fois il y a soixante et dix mille lieues, et l'on aura la distance de la terre à l'étoile qui s'en éloigne le moins. Elle est énorme, et épouvante l'imagination. Aussi, malgré sa masse immense, si le soleil était transporté à la hauteur des étoiles, il ne nous apparaîtrait plus que comme une étoile de troisième ou quatrième grandeur.

Le nombre des étoiles que l'on voit à l'œil nu n'est pas immense : il n'est que de cinq mille environ. Mais au télescope, ce nombre est innombrable : on en compte jusqu'à vingt mille dans un espace du ciel qui ne nous paraît pas plus grand que le disque de la lune. Il est remarquable que ce n'est pas dans les parties du ciel qui paraissent à nos yeux en contenir davantage, qu'il y a le plus d'étoiles. C'est, au contraire, dans les parties où il paraît y en avoir moins.

De même, ce n'est pas en été, mais en hiver . que malgré les apparences, la terre est le plus près du soleil. Cette distance varie d'un million de lieues. Ainsi nous sommes un million de lieues plus près du soleil au mois de janvier, que pendant la canicule.

Les étoiles cataloguées et connues sont au nombre de cent mille ; mais leur nombre véritable est indéfini. Cependant chaque étoile est un centre, un soleil autour duquel se meuvent des planètes ; cela va ainsi jusqu'aux plus hautes profondeurs des cieux ; et la lumière des étoiles, perdues dans les dernières profondeurs, devrait mettre, d'après la marche ordinaire de la lumière, soixante et dix mille lieues par seconde, cent mille ans, et même des millions d'années pour arriver jusqu'à nous.

Ainsi, bien des astres existent dont la lumière ne nous parviendra jamais, et ceux dont la lumière nous parvient sont ceux qui sont très-près de nous en comparaison des autres. On voit donc que les distances de la terre au soleil, et de la terre aux étoiles connues, qui nous paraissent effrayantes, ne sont rien à côté de ces autres distances que nous ne connaissons pas.

Bien qu'on les appelle fixes, pour les distinguer des planètes, les étoiles ont aussi leur mouvement et leurs variations. Il en est qui brillent d'un feu plus vif en des temps que dans d'autres. Il en est qui pâlissent. Il en est qui disparaissent et reviennent périodiquement. Il en est qui disparaissent et qui ne reviennent plus, soit qu'elles s'égarent dans l'immensité, soit qu'elles s'éteignent ou s'anéantissent.

S'il est des étoiles qui disparaissent, il en est aussi qui apparaissent et qu'on n'avait jamais vues. C'est ainsi que tout passe et change, dans les cieux comme sur la terre, tout, excepté Dieu. Ainsi que des mondes, des étoiles s'y forment et s'y détruisent incessamment.

Les étoiles nébuleuses semblent être la matière dont se forment ces étoiles neuves. On en voit, dont le noyau est déjà commencé ; on en voit aussi de doubles et se tenant l'une à l'autre.

En parlant des comètes et de la lune, mon ami a reconnu l'action que celle-ci exerce sur la mer ; mais il a nié l'action de la lune et des comètes sur la température. On fait beaucoup trop d'honneur aux astronomes en leur demandant s'il doit faire du beau temps ou de la pluie.

VII

Mon ami embrassait toute la création ; il s'enthousiasmait lui-même, et son enthousiasme me gagnait. A l'entendre ainsi rendre les oracles de la science, on eût dit un sage de Chaldée.

Mais combien la science de l'astronome est aujourd'hui supérieure à la science chaldéenne, égyptienne et athénienne, qui croyait donner une grande idée du soleil en disant qu'il était aussi grand que tout le Péloponèse.

Mon ami me dit encore mille choses admirables sur les étoiles fixes, qui brillent par elles-mêmes, comme le soleil ; et sur les étoiles dont la lumière est empruntée, comme les planètes, la terre et la lune son satellite. Nous nous livrâmes à mille conjectures en nous demandant si ces mondes étaient habités. Puis, nous faisions un retour sur les infiniment petits, et sur l'homme placé au -centre de la création, et dont l'âme est bien supérieure à l'univers matériel, puisqu'elle est douée d'intelligence. Après tout, qu'est-ce que la matière? quel prix peut-on y attacher, quand on réfléchit sérieusement aux grandes destinées de ce principe surnaturel que Dieu a déposé en nous?

Admirons la science de l'homme, qui est parvenu quelquefois par ses calculs, à découvrir des astres, avant que l'observation ait pu constater leur présence. Mais que dirons-nous de Dieu lui-même, qui d'un mot a créé ces mondes innombrables et d'une étendue si immense, et dont la gloire n'apparaît pas avec moins d'éclat dans le grain de sable et dans l'insecte qui l'habite, que dans les splendeurs du firmament?

Mon ami me parlait encore, que mes yeux avaient quitté la voûte céleste pour se porter avec

attendrissement sur une croix pla-
cée à peu de distance de notre
observatoire. C'était pour moi un
astre éclatant qui brillait au firmament de l'église, et où je li-
sais en caractères plus magni-
fiques encore, et la valeur de
l'homme, et la grandeur de Dieu.
Oh ! combien je conçus alors de
dégoûts pour les erreurs et les
folies des hommes !

Oh ! oui, si quelquefois il se
communique à nous d'une ma-
nière plus intime, ce n'est point
par le canal de nos sciences or-
gueilleuses, mais par celui de la

simplicité et de l'humilité de cœur. Dieu est comme le soleil de notre âme ; c'est sa divine lumière qui éclaire notre intelligence et qui échauffe notre cœur.

VIII

Il est une saison qui présente quelque analogie avec l'heure du crépuscule. C'est l'époque de la chute des feuilles. Jaunies par le temps, elles sont balayées par les vents du nord, et déjà les frimas annoncent l'approche de l'hiver.

« Pendant les longues veillées

d'automne, au moment où le fermier, entouré de ses enfants et
de ses serviteurs, s'occupe à de
légers travaux, un coup modeste
frappé à la porte annonce la vi-
site du curé. Aussitôt on cesse
de tresser les corbeilles de jonc,
le fuseau reste immobile dans la
main des fileuses. On inter-
rompt l'histoire commencée. La
grand'mère, courbée par l'âge,
s'avance, en s'appuyant sur un
petit bâton d'aubépine, à la
rencontre du digne pasteur. Le
fermier roule pesamment le vieux
fauteuil de chêne noirci à la

place d'honneur , précisément au-dessous de l'image du saint le plus vénéré du canton. La présence de l'homme de Dieu apporte la joie et la paix. Toute cette génération qui l'entoure et qui s'incline à l'aspect de ses cheveux blancs, c'est lui qui l'a formée au bien ; c'est lui qui a contribué à entretenir l'union dans les ménages , la concorde entre les frères ; lui qui a maintenu les voisins en bonne harmonie ; lui qui a prêché la charité aux riches , la patience aux infortunés , la modestie aux jeunes filles, l'obéissance aux enfants, à tous le respect pour la vieillesse, pour les lois, pour la religion. Il s'assied, le sourire de la bienveillance est sur ses lèvres, au milieu de ces jeunes gens qu'il a vus naître.

On s'empresse, on l'entoure, mais il veut que le travail suspendu continue, car le travail est aussi une prière. D'abord commence un entretien familier sur les petits événements qui ont marqué dans le hameau ; ensuite viennent les discours graves, les exhortations. Le digne

pasteur enveloppe les maximes
d'une morale sublime dans des
images champêtres. Si la grêle a
ravagé les champs, si la récolte
n'a point répondu aux espérances
du laboureur, il s'efforce de re-
lever les esprits abattus, et prê-
che la résignation à la volonté de
la Providence. Si l'on se réjouit
au contraire à l'aspect d'une riche
moisson, le prêtre du Seigneur
demande d'humbles actions de
graces pour le Ciel, et quelques
épis pour le pauvre. Il dit que le
riche qui ne fait point l'aumône,
ressemble à l'arbre stérile que

Jésus-Christ condamne au feu de l'enfer ; que la charité efface aux yeux de Dieu une multitude de péchés. Puis, il raconte avec une éloquence évangélique, les vertus des anciens patriarches, l'hospitalité de la tente, le désintéressement d'Abraham, Jacob quittant, avec un simple bâton de voyage, la riche demeure de son père pour garder les troupeaux de son oncle Laban dans les plaines sablonneuses de la Mésopotamie ; Booz, ce riche laboureur hébreu, qui commandait à ses moissonneurs d'oublier des poignées d'épis sous les pas des jeunes glaneuses ; Booz, qui épousait à la face de tout Israël , une jeune femme étrangère qui ne lui apportait en dot que des vertus....

Ces récits , écoutés avec une émotion profonde, échauffent l'esprit du paysan. Il retrouve ses occupations , ses champs , sa poésie à lui , dans les pages divines des saintes Ecritures. Il croit avec une foi vive les événements merveilleux que déroule devant lui le prêtre à cheveux blancs qui prouve la vérité de ses paroles par la sainteté de sa vie.

VIII

Mais voilà que les champs sont enfin dépouillés de leurs fleurs et de leurs fruits ; les plantes sèchent et meurent ; les feuilles des ardres jaunissent et tombent ; un vent violent enlève jusqu'à la dernière feuille du chêne de la forêt , afin que tout ce qui peut rappeler la vie et la fécondité de la terre disparaisse. Les rayons du soleil s'affaiblissent comme pour ne pas éclairer cette scène de destruction. Au milieu de ce deuil universel de la nature, entendez-vous les tintements lugubres partant de ces beffrois antiques qui surmontent les temples élevés au Dieu de nos pères. Une grande, une solennelle, une magnifique fête se prépare ; mais c'est une fête funèbre, la fête de tous les âges, de tous les siècles, de tous les temps, la fête de l'univers, car c'est la fête des morts !

Ecoutez... écoutez... voilà le glas funèbre
Qui de chaque clocher, au loin va retentir !
Cessez vos jeux, enfants ; hommes de l'avenir,
Priez, c'est du passé la fête qu'on célèbre !

Où sont-ils, ô mon Dieu ! tous ceux qui
[m'ont aimé ?

Ceux que j'aimais du cœur, ceux que toujours
[je pleure,

Seraient-ils abrités dans ta sainte demeure,

Sous le bras triomphant de ton fils bien-aimé ?

Où sont-ils relégués par ta juste rigueur,

Dans ce terrible lieu ?. . Si loin de toi, Seigneur !

Au saint nom de ton Fils, alors nous t'implorons:

A ce nom tout-puissant, incline la balance,

Et reçois dans ton sein, tous ceux que nous
[pleurons.

XI

Ces tombes sont couronnées.
Hélas ! la mort n'a pas besoin
de couronne pour être souveraine.
Dans cette demeure où elle règne,

chaque objet remplit le cœur de tristesse. Déjà tout a perdu la verdure dans nos promenades publiques ; la terre est jonchée de débris de la végétation. Là seulement est une éternelle verdure ; là seulement, l'oiseau trompé par le feuillage, murmure encore quelques notes sur l'arbre funéraire. Mais, si la mort humilie notre orgueil, levons la tête vers notre Père céleste, qui attend notre âme dans les demeures éternelles, songeons à l'immortalité bienheureuse, et efforçons-nous de la mériter.

X

Il est une maladie terrible qui frappe surtout l'enfance et la jeunesse, et c'est à la chute des feuilles qu'elle ouvre ordinairement la tombe de sa victime.

Une mère chrétienne voyait son enfant prêt à succomber à ce triste mal qui le dévorait ; elle s'écriait :

Oh ! mon enfant, ta pauvre mère
Te voit donc partir pour les cieux !
Tu pars et ta douleur amère
De larmes inonde mes yeux.

Je pleure , mais je suis soumise ,
Le Seigneur m'en fait un devoir,
Ma douleur, le Ciel l'autorise
Et me défend le désespoir.

Non , non , quitte ce monde impie,
Fuis ses piéges et son écueil ,
Contre sa noire perfidie
Va t'abriter dans ton cercueil.

Ou plutôt va parmi les anges,
Après ton paisible sommeil ,
Bénir Dieu, chanter ses louanges ,
Et jouir d'un si doux réveil.

Tes yeux bleus, ta bouche riante,
Tes petits bras tendus vers moi ,
Ton cœur pur, ton âme innocente,
Tout va disparaître avec toi.

Oh ! pauvre enfant, sur cette couche ,
Je ne pourrai plus te bercer,

Ni prendre un baiser de ta bouche,
Ni sur mon sein te caresser ;

Et, je n'aurai plus l'espérance
De te voir marcher et grandir,
De guider ton aimable enfance
Dans les sentiers de l'avenir !

Mais va, je te le dis encore,
A tout cela, mon cœur souscrit,
Et soumise au Dieu que j'adore,
Je veux toujours ce qu'il prescrit.

Comme une fleur que la nature
Se plaît à ravir à nos yeux,
Que ton âme innocente et pure
Aille donc parfumer les cieux.

Va, mon fils, prier pour ta mère,
Va dire à Dieu tout son amour.
Ah ! puissions-nous à ta prière,
Ensemble le bénir un jour !

XI

C'était encore à la chute des feuilles; un enfant parlait ainsi à sa mère :

« O ma mère, mère chérie, qu'est devenu mon petit frère? Autrefois nous jouions ensemble, et maintenant je suis tout seul! Oh! dis-moi, mère chérie, qu'est devenu mon petit frère?

— Regarde, mon enfant, regarde le ciel, c'est là qu'est ton frère. Là il joue avec les anges et avec le petit enfant Jésus. Tu le sais, il était si doux, si aimable, si sage ! C'est ce que virent les anges saints qui le gardaient pendant son sommeil. Ils le dirent à l'enfant Jésus, et l'enfant Jésus s'écria aussitôt : « Allez, mes anges » bien-aimés, et amenez-moi cet » enfant. »

» Or les anges envoyés par Jésus vinrent en silence, et de leurs blanches mains lui firent un petit lit, là-bas dans ce jardin, sur la terre consacrée à Dieu, où tant de croix saintes sont élevées.

» Et ils s'avancèrent en silence vers ton petit frère, et se mirent à chanter avec leurs douces voix, des chansons célestes.

» Ils lui parlèrent du jardin éternellement fleuri, des innocentes petites brebis qui y paissent, et du saint pasteur, et de sa garde fidèle.

» Puis, dans leurs bras, ils le portèrent, et le placèrent sur le petit lit là-bas, près des croix saintes, sous le tranquille peuplier.

» Et ils lui mirent bien doucement, de peur de le réveiller, une robe de toile fine, aussi blanche que la neige.

» Puis ils lui tressèrent une

couronne de fleurs qu'ils posèrent
sur sa tête, et ils attachèrent des
ailes d'or à ses bras. Quand ils
l'eurent ainsi paré avec soin, les
anges se rangèrent en cercle autour
de lui.

» Et tous se mirent à chanter :
» Réveille-toi, réveille-toi, petit
» frère ; nous allons nous envoler
» ensemble vers l'enfant Jésus.
» Maintenant déploie tes ailes et
» tend-nous la main ; nous allons
» retourner vers celui qui nous a
» envoyés. »

» Ainsi chantaient les anges ;
ton frère se réveilla, et joyeux

avec eux s'éleva vers le ciel.

» Là nous le reverrons un jour, s'il plaît à Dieu ; mais pour cela il faut que tu marches dans les voies du Seigneur. »

Vous comprenez, mes enfants, cette jolie légende empruntée à l'Allemagne ; nous ne vous l'expliquerons pas.

Mais peut-être me reprocherez-vous d'attrister par des images lugubres, vos âmes innocentes et pures, qui ne demandent qu'à s'égayer, et que les chagrins ne font qu'effleurer.

Oh ! mes amis, que de chagrins

vous vous éviterez plus tard , en
repassant ainsi, de temps en temps,
ces images funèbres , qui portent
avec elles aussi bien des consola-
tions ! A leur aspect, les chagrins
des passions fuiront loin de vous ;
et quand la réalité que vous ne
pouvez éviter se présentera, vous
la subirez avec courage , comme
une délivrance , et l'automne de
votre vie sera couronné d'un éter-
nel printemps dans la demeure de
votre Père céleste.

— Lille. Typ. L. Lefort 1857 —

— Lille, Typ. L. Lefort, 1864. —